ことづて

柏木勇一

思潮社

ことづて

柏木勇一

思潮社

もくじ

＊＊＊

装幀＝思潮社装幀室

ことづて

*

薔薇の殺意

風を撫でるように鴇色の姿をあらわそうとする
蕾の時代もなつかしいが
ゆるやかに
誇りたかく
花弁はひらいた

だれもが寝静まったころ
薔薇は発熱し
ほろびゆく花びらを音をたてて落とす夜がある

魂を失った花びらがその身をさらす白昼
すけた糸状のめしべを
黒い蟻が食べつくしている

末期　薔薇が一番美しいとき
終章　先端がかすかにふくらむ
栄華の来歴を蓄え　未来が生まれようとしていたが

物語の手前で
当然のように枝は切断され
ふくらみもしぼむ

薔薇の殺意
切断するわたしは委託された加害者
犠牲と寛容の薔薇

切断は喪失ではない
薔薇のことづてをしるしたこの手首を見よ
緑と淡紅色の萌芽のために　お前を切ったこの青白い手を

棘

ことづて　という
生きた証しを残したかった
冬のかまきり
忘れないでほしい　という
その一心のために
最後の若緑色の翅いちまいをひろげようとしていた
意志ではなく
生きていくものとして

灰汁色に化粧した擬態
かたわらの月桂樹の幹になじんだ

こどもの誕生祝いに庭に植えた記念樹
まだやわらかい胸を親指と人差し指で抱きかかえるように
幹の瘤にはこんだ
ふたつの眼を空に向け
口元を月桂樹のまだちいさな桃色の若芽に合わせ
爪と幹の間にわずかな隙間をつくった

迎えた朝
かまきりの若緑色の翅は輝きつきたのか
か細い褐色の棘に変わろうとしていた

ことづて　という
すえていく若緑色の急激な衰え
伸びる棘
いちにち　いちにちを
生きてきたもの　生きていくもの

喪失と誕生

木は
木を切る男を見おろしていた
木を切る男から目を離すことは一刻もなかった

木は
木を切る男が休んでいるとき
木を切る男に気づかれないように涙を流した

小枝のまわりを黄金の蝶が舞う　午前
空が茜色に変わる　午後

その日　ムクドリは帰ってこなかった

木は
倒れる直前に視力を失い
敗者として消える自分の姿を見ることはなかった

覚えておくがいい　木は生まれたその時から
愛だけではなく　憤怒と逆襲の遺言を内部に刻んでいたことを
記憶の輪を抱きしめ　こぼれないように立ち続けたことを

木は声を発しないで　ことづけた
地底深く張りめぐらされた根も　無言でこたえた
見るがいい　切り株の周りにふくらむおびただしい芽を

このようにしてひとつの空間が生まれた
喪失と誕生

だが同じ木が立ち続けることは絶対になかった
木は轟音を響かせて消えた
透きとおる孤独がゆっくりと沸点に達したとき
その空間は緑の高みにひろがる

蜥蜴

蜥蜴を餓死させたのはわたしだ
その蜥蜴を凍死させたのはわたしだ

トマト　茄子や枝豆　隠元豆や苦瓜
黄緑色のアマガエルが跳ねていた夏の畑はにぎやかだったが
折りたたまれた胡瓜のネットにからだを巻かれ
細い尻尾が三本の支柱に絡んでいた
脱出しようと何度も身をねじらせたのだ

蜥蜴と呼ばれる褐色の小さな物体を
わたしはそっと抱き上げ手のひらにのせた

わたしという容器の中におさまって
細い舌がピクッと動いた
瞳が冬の弱い日差しに反応して光った

わたしという棺の中のぐんにゃりした物体を
冷たく凍える畑に置き
一枚のキャベツの葉で巻き
わずかばかりの土をかぶせた

蜥蜴は飢えて死に
凍りついて生きた
一段と細くなった尻尾で顔を隠している仕草
死の闇に光が当たった

蜥蜴を災いと恐怖から救ったのはわたしだ
その蜥蜴を永遠に息づかせたのはわたしだ

誘惑と殺戮

蜂が一匹
めくれた樹皮の裏側の陰に身をよじりながら
自ら滴らせる最後の濁った蜜を足場に
一歩一歩登っている
あの透明な水滴は泪か

この蜂が衰微していく早さと
わたしの脳が収縮していく時間に違いはあるのか
脳が役割を終えた時　わたしは
蜜の香りを感じることができない

この定めの結末を　樹に託す

内部から産声をあげ
外部の非道を嘆く大声を発し続けているが　樹は
願いが叶わない哀しみの涙と血を流す
その標しとしての
曲がりくねった孤独の輪

魍魎の曲線は
立ち尽くす宿命に抗おうとする季節ごとの発作
誘惑と殺戮
あの蜂が内部の静謐に吸い込まれていく
あまたの凬が立ち寄る闇でもある

冥途の馬

わたしというひとつの空虚のなかで
胸膜あたりに棲みついた一頭の馬が暴れる
それは決まって凍えるような冬の夕暮れである

一頭の馬が駆けぬけた
原野ではない　草原でも浜辺でもない
ちいさな北の町の真冬の商店街を疾走した
橇の紐をふりほどき　氷の地面を蹴り
四つ角を曲がりきれないまま右膝から墜ちた
（親しめなかった町に抗う疾走だったのか

一頭の馬が駆けぬけた
けたたましい悲鳴を町中に響かせ
馬は目を開けたまま殺された
近郊からも集まった人びとが
夜明けまで　湯気が激しく立ちのぼる桜鍋に酔った
（涙を浮かべる人々は何を悲しんだのか

一頭の馬が駆けぬけた
六歳のわたしは目撃した
記憶の馬が幻影として刻まれた
絶え間なくあふれる涙の氷河に横たわって
馬は静かに潤んだ目を閉じた
（歴史のスクリーンが薄霧のように張られていたのか

わたしというひとつの空虚のなかで

声帯を鼓舞するようにあのかすかな蹄の音が震える
凍えるような冬の闇がわたしにも泣けとささやいている

時はいまも　鬣のように荒々しい
わたしの幻影の馬はまだ横たわらない
わたしというひとつの空虚は冬の嵐に耐えている

荒地の豚

深緑色の水が湧いていた
ちいさく盛り上がった土の
少しへこんだ真ん中から
滲み出るように湧いていた
そこは杉の葉陰に覆われたわたしだけの闇

三輪自動車が活躍していた
荷台には火事場から救出された豚が九匹
焼けただれた口元から血膿をだらりとたらした一匹の仔豚が
ランニングシャツの胸元に吸いついてきた

閉じようとする目を思いっきり叩いた
くぼみに前輪がとられた瞬間
顔を上げたまま仔豚の呼吸が止まった
鳴きつづける八匹は屠殺場に運ばれ
一匹の仔豚は草むらに放り投げられた

屠殺場はとうに朽ち果て
埋もれた藁屋根がわずかに面影を残すだけ
杉木立は荒々しく育っていた
黒く鋭い刃になった杉の葉
ぼろぼろにめくれ落ちた樹皮に守られ
仔豚は死を生きてきた
血膿が煮えたぎり
湧き水になるまでの長い定めを生きてきた

五キロ離れた隣村で大火があった

手押し車の消防では手のほどこしようもなく
家屋と家畜小屋のほとんどが黒焦げになった
動かなくなった仔豚を抱きしめた
あれは夏の日の午後
肉屋を手伝う小学三年生になっていた

龍の眠る海

海と大地がざわついている
この島の地底深く
一匹の巨大な龍が深い眠りから覚めようと舌をなめている
龍の尾は島の直下
頭は四百キロ離れた大陸の地底
龍がひとたび寝返りを打てば
この島　あの大陸でも
海と大地は真っ逆さまにひっくり返る
消えたひと
失われたものにふたたび光が当たる時がくる

酒類食料品小売業鹿嶋屋商店店主
町で一番そろばんが得意だった男
酒の量り売りの腕も見事だった男
肺を患っていた小心の男はしかし

昭和十九年十月十四日臨時召集弘前歩兵第五十二連隊補充隊応召陸軍
二等兵十月二十一日弘前出発十一月一日鮮満国境通過十一月六日満州
第十三国境独立守備隊第五十六部隊第四中隊入隊機関銃分隊昭和二十
年二月十日野戦部隊第三大隊機関銃中隊井上隊四月十五日陸軍一等兵

男はただ従順にいちばんうしろから歩いた
逆らうことができなかった暴戻の地に臥し
汚泥とも糞とも区別がつかない灰になった
この島のすべての命題はここから始まった
来歴をかきむしる灰の眼の標的が絞られた

海と大地と　いよいよ天空もざわついている
地底から響く轟音
黒い空に鳴る弔砲
龍よ
目覚めて地の底を　海の底を逆転させよ
街を森を砂浜を　あらゆる墓地をひっくり返せ
地球を逆さまにして脳髄を転がすのだ
思念の海
瞑想の陸
この美しすぎる言葉の幻想をけちらし
鬱憤の血をいま一度黒々と蘇えさせるのだ
龍よ
世界の再生を祈る時間などはじめからない
龍よ
龍は嗚咽が止まらない君たちだから

*
*

地名

モスクワ　ゴーリキー　エカテリンブルクの黒い森
北上川　伊手川　人首川の蛍
鮮満国境　黒河省法別拉　愛琿　通化野戦病院の闇
戸倉　歌津　志津川の波しぶき

夏　身近な人を見送った
生者によってまぶたを閉じられた時
もう眠ってはいない
死者の時は　一瞬
その緑の地に埋められることによって始まる

しずかな　孤独
ひとつの　永遠
やがて　その土地の名前で語られる時代がくる
生きるのは　死者
消える　生者

二百四十八体の中絶胎児の遺体
数えることができる状態で発見された　その数に意味はなく
卑劣と作為と俗悪が　そこにある

あそこにもあった
数えきれない　数えられなかった　数えようとされなかった
何万という単位で語られるだけの死者　そして生者
無為に放置された　その地図上の地名は記録にある
その荒地はどこか

夏が繰り返されるたびに
この球体が小さく感じられる
たどりつく地名が分かりつつあるからなのか
いまは生きている　生きているはずの
わたしという
まだ地名を語りえない　混沌

八月の蝉

羽化してからの短いいのちをはかないなどと言うな
仰向けになって息絶えている姿を哀れなどと思うな
地上にはい上がれなかった数千万の幼虫がいた
ひかりの道の途上で潰され流された仲間がいた
糸のようにやせ細って土になった憤怒のいのち

難しいことを簡単に語るな
簡単なことを難しく書くな

いいか

戦いは
兵士が銃の引き金を引いてはじまるのではない
レーダーのボタンを押してはじまるのではない
はじめにあったのは言葉
言葉は次第に意味を失い
欺瞞の衣服を身にまとい
言葉の主も空虚をさ迷う

何ごともなかったように八月がやってきた
金色の蝉の抜け殻が庭の梅の小枝にふたつ
夕べの豪雨にも負けずに食らいついている
鳴き声は聞こえなかった
叫ぶ声に気づかなかった

戦いの結末を知らないいつかのまの兵士が
こみあげる怒りで声を失った話は本当か

地の底を歩くひと

おまえはこれからどこへ行くのか

地の底を歩くひとからの
年に一度のあいさつ
その人の名は言わない
還らなかった仲間の中でいちばん孤独だったひと
世界のだれもがたどりついたことのないどこかへ立ち去った
世界のだれもがたどりついたことのないどこかへ潜むために
誘うために
導くために

地の底を歩くひとから
問われるなら答えよう
あなたがたどりついた場所に行きます
これからどこへ行くのか　と問われるなら
問われるならそう答えよう

八月
水槽の魚の目が乾いている
青蛙が炎天の草場を跳んだ
刈り取ったばかりの草がたちまち糸状になった
逃げ水に映る濃縮された記憶
空虚な現在
陽炎の奥行が夏ごとに長さを増して
いよいよわたしは
それら風景のあいだをさまよい

身を鎮める場所をさがしている
地の底の入り口に近づいている

熊蜂が蜘蛛の巣から蝶の幼虫をかすめ取っていった

石を投げている

石を投げる紅顔の少年がいた
高台の小学校裏の崖道
裸足で授業を抜け出し
暗い穴に向かって石を投げた

その防空壕が完成することはなかった
ちいさな町からは男たちがいなくなり
少年の母も縄を編んだ袋で土を運んだが
壕をあざ笑うように時が走り去った

少年は壕に根を張る木に嫉妬した
やわらかい葉を野に放り
堅い実を落として悠然と立ち尽くす木
自由に伸びる根を恨むように石を投げ続けた

木の実を啄ばむ鳥
空と土と木と壕と
景色を飛び　消え　戻り　近づき　遠ざかる　鳥
少年は不在が存在し続けていることを知った

記憶もそばにいてほしい
鳥ではない　甲虫でも蛇でも　縄袋でもない
記憶は石だ
石は粉々になって時の透き間を通りぬけた

壕の中から枯葉に混じって骨の破片が現れた記録がある

戦場を拒絶して消えた男がいたといううわさはあった
骨よ隠れろ　記憶の灰をかきまぜ
白髪の少年が石を投げている

何も変わらない

祖母は股の間から虫を出し続け
蛹の形になって死んだ

祖母が入る風呂はぬるめにわかし
牛乳と硫黄の臭いがする粉を混ぜた
祖母を風呂から抱えこんだ後　だれも入ることは禁じられ
母はその風呂を何度も何度も束子で洗った
木の皮がめくれるまでこすった

赤トンボが舞う北国の秋

森の焼き場で祖母は骨になった

過ぎた歳月は
蛹が羽化するほどの時間と　何も変わらない
変わることの連鎖だから　何も変わらない
変わること自体　何も変わらない

庭のツバキの若芽にアブラムシが群がり
アリが　喜び勇んで水泡のようなよだれを流して呑みこんでいる
アブラムシを口元に押さえこんだ一瞬
アリは空に向かって至福のほほえみを返す
ツバキは何ごともなかった顔をして緑の葉をひらく

夕暮れ近い野辺の葬列
帰還しなかった父に代わって祖母の骨を抱いた
少年から老年へ

肩の重みは　何も変わらない
身体の中に棲みついたアリやトンボやカマキリや蛍も
何も
変わらない

喉

腐敗は
外界に触れている喉頭から始まります
遺体確認にたずさわる法医学者が話した
有機質から無機質へ
人体の腐敗の過程は下部に降りていくという

酒類食品販売業の父が戦死
病弱だった母は
肉屋も営み生きた鶏を捌いた
二本の足を左手でつかみ

右手に握った剃刀で鶏の柔らかい喉を刺す
キーン　鉄のような悲鳴をあげる鶏
どす黒い生血を茶碗一杯
母はごくりと飲みこむ
母の喉が脈打つ

その夜　子どもたちは
鶏のあらゆる部位を食べあさった
すべての言葉は喉をふるわせて発せられる
うつろな目
眠っているのか
何を見ているのか
何かを思い出しているのか
記憶がいっそう混濁し
ふるえることも少なくなった母の喉は

樹枝のような静脈が透き通っている
鶏の皮だ

腐敗は
喉頭、気管に続いて
胃、腸、肝、腎、膀胱へ進みます
脳はその間のどこかでしょう
（個人差があるというのか
一番遅いのが子宮です

叫ぶ母

吹雪の朝
母を施設に連れて行った
フロントガラスに吹きつける雪
ワイパーで消され
流れ落ちないで塊になる
扇型にせばまる視界

木立の間を過ぎた瞬間
横殴りに襲う雪　先がかすむ　先が見えない
後部座席の窓を雪の結晶が覆う

まだらな光と冷気　身をよじる母の気配
はあー　ほおー　はあー　ほおー　へー
叫ぶ母

最後は
と言って施設長はパソコン画面から目を離し
個と個の闘いです
視線を完全には合わせないで語る
プロに任せなさい
視線は画面に戻る

身体から身がはがれ
肉体から肉がそがれ
体が物に化す
物体になる母
母という

個

おだやかな冬の日もあった
雪の結晶がいつまでも手のひらに残り
滴となって消えていくまで母と見つめた日があった
雪が融けると
この静かな森の道では
土の塊が　砂粒の個になって崖を転がり落ちていた

新年

砂粒がいっぱいしまわれた貝を抱いて母は嫁いできた
ひと粒　ひと粒
砂を弾き
貝を撫でながら
遠く光る海の方角を見てきた

大陸から還らなかったひとをしのび
還らなかったことへの恨みと哀しみ　悔いと怒り
寂しさの炎　焔　炎　焔
たいせつな貝をそっと踏みつけて高まりを抑え

ひと粒　ひと粒ずつ捨てて生きた
いま　鈍色になって月もひとり
波に遊ばれたこともあった
蟹に指を切られた
記憶は熾火のようにあえぎ裂かれていった
慣れない田畑を歩いた脚が腫れている

ふるさとではあの三月
母の着物がしまわれていた土蔵も流された
みんな消えた
息絶えた人々の口の中は砂でいっぱいだったよ
そう耳元にささやいた

閉じたままの
うるんだ瞳

それでも力なく開けようとする
（疲れたね
（そうでもないさ

百一年目の新年
この先は人さまに話すことではないが
母は
クロスを張り替えたばかりの壁に汚物をこすりつけた
ふりむいた瞬間　勝ち誇ったようににんまりと笑った

* * *

暫定と終極

じゃあねと言って友と別れ　家路についた
この日も終わらなかったさまざまなことに思いをめぐらし
目を瞑る

いつもの朝と同じように
光も時間もまんべんなくふりそそぐが
希望や意志とは関係なく　そのまま遮断されることがある
まず両足の位置を定めた
肌のしわやしみの数をかぞえながら
たたまれていたシャツに両手を通した

老いていくことではない
人が生きるということでは
暫定と終極に差異はない

木は下半身から老いる
天空に伸びる若木の凛々しい姿と合わせて
木は　木のいのちのすべてを晒している

たとえばお堀端の桜の老木
地面に横たわるように
水面に首をかしげるように
絶頂を謳歌している
春には花の
夏には緑の
老若が語り合う
夜の静寂　喧騒の白昼も

何ごともなかったように受け入れて
やがて足元から樹皮を剥がしていく
ここには　終極の形があるがままに存在する
暫定ではなく

不愉快な概要

北側にあった隣家のヒバの木が切られた
山の木　ですよね
庭木です　昔から
強い雨のたびに白い壁を緑褐色に汚した

ざわめく枝々　葉のささやく声が聞こえなくなった
光が通りぬけた
風が小走りに訪れては立ち去った
雨は思うがままにまっすぐ降りた

一本の木が切られたことで
空の広がりが分からなくなった
鳥の一途なさえずりも遠ざかり
わたしの衰弱は目と耳の退化からはじまっていった

切ってほしいと言ったのはわたし
無口になった
サティの「不愉快な概要」を聴きながら
窓のカーテンを閉じる

木が切られた　あのとき
わたしの弾む心に呼応するかのように
切株に鮮やかな幾重もの輪が現れたが
茶褐色の樹液も乾からびて　星の形の浸みになった

樹液のこどもたちは

地底深く迷路のようにはりめぐらされた根をたずね
主人の死を知らせてくれただろうか
四手連弾のピアノの調べは木も空も包みこんでいる

名残

老いたさくらの木は
みずから肌を傷め
皮膚を持ち上げて小さな空洞を作り
巣を捨てて登ってくる蜘蛛を迎えた

老いたさくらの木は
みずから肌を温め
力をふりしぼって皮膚を削り蜘蛛を覆い隠す
鳥が激しく羽ばたくいつもの冬のたたずまい

蜘蛛は来歴を知られたくなくて
すべての色素を闇にほうり投げ
飛ぶことを断念した細い身体を
みずから産みだす最後の糸で幾重にも幾重にも巻く

灰白色に変化する八本の細い脚を伸びるだけ伸ばし
蜘蛛は小さな洞にへばりつく
冬のあいだに蜘蛛の全身が曖昧になり
形を失った最後の一本の糸が存在の名残を証明する

小さな洞のふちが茶褐色になっても
新しい絵が描かれるわけではないが
いのちの透明なときを蜘蛛はおだやかにすごし
破砕された幹の空洞にそよぐ風が惜別を奏でる

わたしは幹にからむ野葡萄の蔓に引き込まれ

身震いしながらいのちの名残をこの目で見た
十二月の誰も訪れない公園の午後
去った人たちの消息と名残の時間

もぐら塚

ボイラー室の排気口から暖気が流れてネコが集まる
ネコは病棟の敷地内で生まれてそこから出ることはない
隔離された患者が食べ物を放り投げる

飢えも競争も知らないネコ
鳥の巣を狙って幹を登る俊敏さもない
無気力と睡魔が拡散していく

突然　勝手口から裸の女が大笑いしながら飛び出した
ブルーの看護服を着た屈強な三人の男が追う
土管に隠れるネコ

モグラ塚が踏み荒らされた
盛り上がった土を掘ってもそこに主はいないが
土の中の罠がさらされた

まだ湿ったままのミミズの死骸
幼虫のちぎれた皮　糞の塊　拾われなかった銀杏
息を吹きかければ動き出しそうに膨らんでいる

冬晴れの朝
にぶい日差しが裸の木々に反射して
灰色の病棟の窓だけが暗い

あしたという日常もまた事件は隠され
ネコはまるくなって動かず
土はあちこちで小躍りしているのだろう

とんぼ

朝起きがけのコップ一杯の水
前の晩枕元に置き忘れると
わたしのいちにちはどんより始まる
水を飲み遅れたことではなく
置き忘れたことを悔いる

そんな朝は
トイレでもつい力んでしまう
口から尻の穴に通じる見えない管へ
固くなった排泄物を脳からの気合いでぐいぐい押していくが

わたしのいちにちはすでに行き詰まっている

昼のミーティングの時間
腹の虫か
生体を制御している一本の棒がうごめく
北極から南極へこの球体にも間違いなく心棒があるのだ　と
生真面目に信じて話は聞いていない

パワーポイントの画面はクリーム色の壁
左上で黒い点が動く
きのうレースのカーテンにしがみついていたあいつ　まだいたのか
指し棒にタオル地のハンカチをひっかけ窓に誘う
アキアカネが颯爽と青空に飛んでいった

カバーソングを聴きながら

つり革につかまっていた右手をおろし
左の手のひらでさする
びっくりするほど冷たい右手の甲から
じんじんじんじんじん血が流れ
もう冬だな　と思う

川の流れがいつになく早い
河川敷のゴルフ場の芝が見えない
上流の山は大雨だったたか
カバーソングを聴きながら思い

イヤホンが流されないように強く押し込む

座席に目を向ければ
鮮やかな白髪の老人
手帳に鉛筆を走らせている
「誕生日、スルメで祝う、ひとり酒」
4Bのマークが若々しい

炭火と煙とスルメの匂いが
老人の手帳から電車内に充満する
芋焼酎のお湯割りが似合う
イヤホンのリズムが気持ちいい
舌をなめまわしながら聴く「舟唄」

窓の外
放物線を描いて鳥の群れが飛ぶ

いつも一羽の鳥が群れから離れている
あそこにもひとりがいる
離れていく鳥に愚と名づけた

愚鳥愚鳥愚鳥、愚の鳥よ
お前も世界の習いに寄りそうことはないぞ
しみじみと　ほろほろと　ぽつぽつと
想い出を飛べ　悠然と
愚よ　誇り高いひとりでいい

永遠のバッハ

音が次の音を探している
調整不良のピアノと自ら宣言したことも演出だったか
グレン・グールド一九六四年演奏
「インヴェンションとシンフォニア」
一瞬の沈黙がわたしにささやきかけてくる

譜面を見ているのかどうか
あの低い椅子の演奏の姿は分からない
音が裸になってわたしの頬をなでる
半世紀が過ぎても　またしてもわたしの予測は裏切られ

さらに新しい響きにわたしは崩れ落ちる

陽光の季節
蜂が　蝶が　次の花びらを求めている
無数の蟻が
次に続く無数の蟻のために巣穴への道を作っている
わたしはあてもなく列の最後を探している

わたしというひとつの季節の彷徨
聴いた　見た　話した　笑った　泣いた
そして黙った
わたしは次の仕草を知らない　次の言葉を知らない
わたしはわたしという内部からの指令を待っている

グールドの訃報が至急電で流れた一九八二年
あれは秋の日

わたしはテレタイプの紙をむしり取り
ベタ黒に明朝体の大きな見出しをつけて報じた

永遠のバッハ死す

平坦な地に降りていった人よ

注がれた酒に口を運ぶ
その時も唇は震え
仕組まれた世界の不条理を
荒々しく　白髪をゆらせて告発していた
その眼に圧倒された
瞳は確実にわたしを記録していた
わたしは何度
おののき　うつむいたことだろう
あの瞳だ　時を超えて

なおわたしを突き刺すもの　わたしを凍らせるもの
いま　永遠と交換して注がれるあの眼光を
わたしは手のひらにそっと隠す
手のひらを合わせることで光がやさしくなる
そのために月日があることを
言葉の主を失って知る

過ぎていった月日を捧げよう
あらゆる臓器が傷み　破裂するさなかにも
戦い続けた人へ
惑星の被膜が破れはじめたことを
時代の暗がりから訴え続けた人へ
そう　いまでも青白い光が細く鋭く発せられている

あなたの沈黙の後で響いた
あなたが幼い時にたわむれた三陸の海の嗚咽

海底の段差の大きさはわからない
確かなことは
あなたの中ではいつまでも静かな海であること

いまはまだ暗闇になじんでいく時間
憤怒の段差を沈黙の中におさめ
海とも雲ともさだかではない
水がこぼれる裂け目から
平坦な地に降りていった人よ
幸せな八十歳の少年が　一枚の絵になった

＊今入惇氏に捧げる哀歌

＊＊＊＊

救済

わたしは身体である
わたしはわたしというひとつの身体である

血を吐き
涙を流し
震え凍え
笑い叫び

ときどき感情という部外者の侵入に息をひそめる身体である
神社の植え込みに身をひそめて鳩を襲い食いちぎる猫である

連絡船から飛び降りて溺死した男の血を吸いつくす蛭である
すみれのちいさな花粉を口元でほぐしながらはこぶ蟻である

化学製品製造工場に入社して一年半
二十歳の青年が超高速回転する原材料破砕機に身を投げた
臀部を残して肉片と骨片が破砕機とプラスチック壁に付着
完全に形態を失った身体が晒された

青年の母親が遠方からかけつけた
集められた肉片と骨片の塊を見た
母親は肉片と骨片の塊を胸に抱いて泣いた
型通りの葬送の儀式を終えても泣き続けた

あなたはひとつの身体です
あなたはあなたというひとつの身体です
あなたはあなたというひとつの身体にすぎません

身体のすべての涙を出しきってうつむいている母親に話した

やがて顔を上げる身体
やがて立ち上がる身体
さあ　手を振り　脚を上げ　歩きましょう
こうしてわたしはひとりの母親を救済した

わたしはわたしというひとつの言語である
わたしは言語である

あとがき

前詩集『たとえば苦悶する牡蠣のように』から7年余が過ぎた。この間、「詩と創造」「青い花」「へにあすま」「方」などに発表した作品に新しい作品も加えてまとめた。これまでの作品の一部は加筆・修正した。発表した段階で推敲に推敲を重ねて決断したので本来加筆・修正は余計なことだと思いつつ…

新聞編集の仕事に四半世紀携わってきた。価値判断と見出しに全精力を費やす日々だった。瞬時の決断を迫られ、やり直しはありえない世界だった。グレン・グールド死去は社会面準トップ。他紙の扱いより派手だった。やはり担当日に接した西脇順三郎死去は、「言葉の原野を旅して」という見出しで社会面トップにした。上司は大きすぎないか、大丈夫か、と心配そうに話してきたが、これでいいです、と押し通した。

そんななりわいが影響しているのだろう。詩も起きたこと、見たことが裏付けになっている。戦死した父、戦争未亡人として生きる母については、まだ引きずっている。消してはいけない、消すことのできない事実だから。

沈黙を言語で表わせないか考えている。会話の中の沈黙を受け入れることで人を救うことができた。これは体験から得た事実である。

（2016年夏の終わりに）

柏木　勇一（かしわぎ・ゆういち）

一九四一年岩手県生まれ

これまでの詩集

『嘔吐』一九六九年（思潮社）
『草の扉』一九七七年（青磁社）
『水の時刻』一九八八年（崙書房）
『虫の栖』二〇〇〇年（沖積舎）
『擬態』二〇〇四年（思潮社）
『たとえば苦悶する牡蠣のように』二〇〇九年（書肆青樹社）
　第九回「詩と創造賞」

「日本現代詩人会」「日本詩人クラブ」会員

現住所　〒277-0852
　千葉県柏市旭町六―一―四七

ことづて

著者
柏木《かしわぎ》勇一《ゆういち》
発行者
小田久郎
発行所
株式会社思潮社
〒一六二－〇八四二　東京都新宿区市谷砂土原町三－十五
電話〇三（三二六七）八一五三（営業）・八一四一（編集）
ＦＡＸ〇三（三二六七）八一四二
印刷所
三報社印刷株式会社
製本所
小高製本工業株式会社
発行日
二〇一六年十月二十日